리락쿠마 곁에 있어요

글·그림 콘도우 아키

이 책을 읽는 방법

곁에 두고, 좋아하는 시간에
좋아하는 페이지를 열어보세요.
물론 처음부터 읽어도 괜찮아요.

책을 펼치면,
리락쿠마와 친구들이 있어요.
언제, 어디에서라도
리락쿠마 친구들과 만날 수 있답니다.

이유가 눈에 보이지
않을 때도 있어요.

모든 사물에는

깊고 심각한 이유가…

바싹 말리면 가벼워져요.

같이
말려줘~
축축
축축

가득 찰 때도
기울 때도 있어요.

달님도
매일매일이 달라

길어도 짧아도
하루랍니다.

만나지 못한 시간이
길었다 할지라도
다시 만나러 가도 괜찮아요.

좋아하는 것을
좋아할 뿐.

'대만족'

태양이 떴다고
꼭 좋은 것만은 아니에요.

뜨거워…

하고 싶은 마음이
사라질 때도 있어요.

실종 신고는
했습니다만

나가지 않는 게 아니에요.
나갈 수 없는 거죠.

위를 보는 것도 아래를 보는 것도
자유예요.

위를 너무 봐서
허리가…
아파파파파파파

괜찮아진 건
겉모습뿐이니까.

무리하지 마

빛이 약해도
더할 나위 없는 별이에요.

생각해본 것만으로도
앞을 향해 한걸음 나아간 거예요.

왜 오늘 간식은
한 마리뿐인가

마음이 너무 힘들 땐
밖으로 내보내는 게 좋아요.

아무것도 하지 않는 것을
하고 있는 중인걸요.

으앙~~~~

차라리 아무것도
안 하겠다는 손도 있어요.

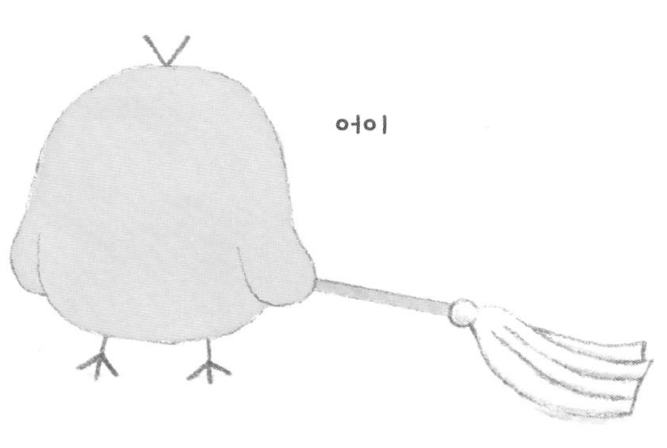
어이

가끔은
상냥한 것도 괜찮아요.

마음은 눈에 보이지 않으니
눈치채지 못하는 일이 많아요.

손을 어떻게 이용하느냐에 따라
다양한 모습이 탄생한답니다.

후후후…

눈물은
이불 속으로 들어가는 입장권.

자자 오늘은
그만 쉬어…
훌쩍
훌쩍

누구든 어딘가에
마음의 조각을 두고 온답니다.

멋진 마음을 나누어요.

마음이 약해졌을 때는
응석 부릴 시간이에요.

이불은 모든 것을
받아줘…

얼굴을 찌푸리면
마음이 피곤해져요.

전신에 힘이
들어가 있네?!

쌓아두고 있는 사이에
변해버리는 것이네요.

음…
좋다고 생각한 순간
입어야 되는군~

아무리 서둘러도
시간이 빨라지진 않아요.

울기만 하면
화난 이유를 알 수 없지요.

뭔가에
화가 났구나…

기분이 내키지 않으면
다리도 움직일 수 없어요.

다수결로
집에 있기 결정

스쳐지나가는 말도 있네요.

주절
주절
주절
주절
주절
주절
주절
주절
주절
주절
주절
주절
주절
주절
주절
주절
주절
주절

감정은 변해요.

하하하…

맛있는 음식은 기쁨, 건강,
따뜻함을 가져다준답니다.

역시 맛있는 게

정답!!

딱 맞을 때도 있어요.
딱 맞지 않을 때도 있고요.

도망치는 게 아니에요.

즐거운 방향으로 가고 있는 거죠.

피융~

새로운 발견은
자신 안에서 찾을 수 있어요.

의외로
잘해!!

시간은 저금할 수 없어요.

의미 있는 시간을
보내는 중

또
먹고 있어!

순서대로 하지 않아도
괜찮아요.

밥 먹기 전에
목욕을 하는 것도 좋아

무섭다고 생각하니까
무서운 거예요.

여기까지 잘 걸어왔다는 걸
당신의 다리는 알고 있어요.

번데기 안에서는
꼼짝할 수 없어요.

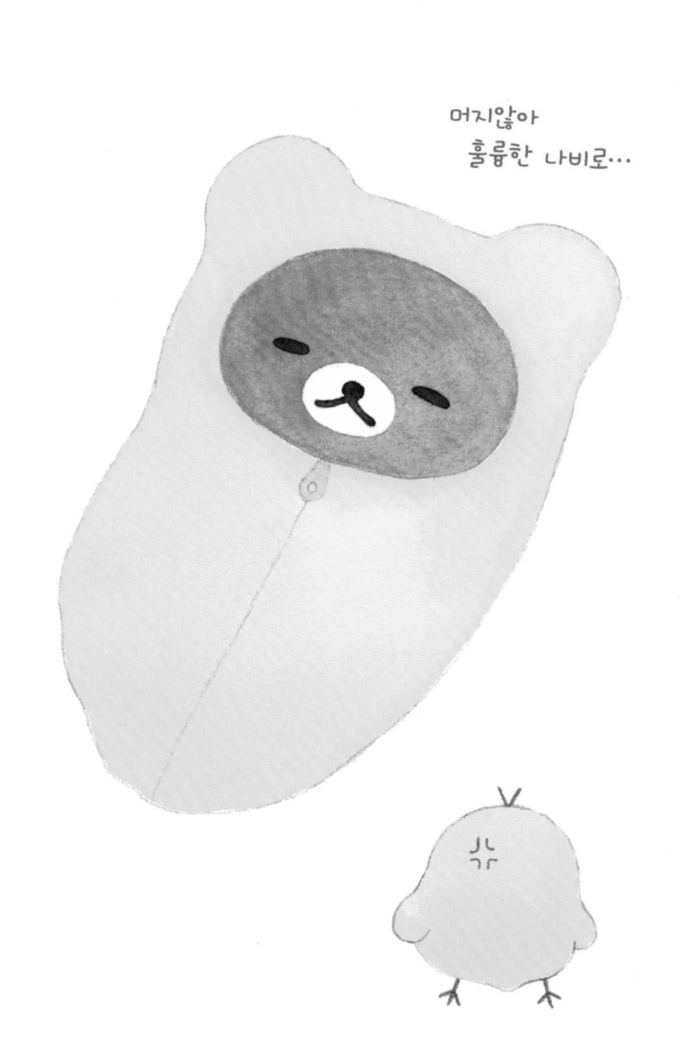
머지않아
훌륭한 나비로…

낯선 장소도 두 번째부터는

낯설지 않아요.

뒷걸음질하고 있어요.

한발
한발

어떤 선택을 해도
다른 경치가 펼쳐질 거예요.

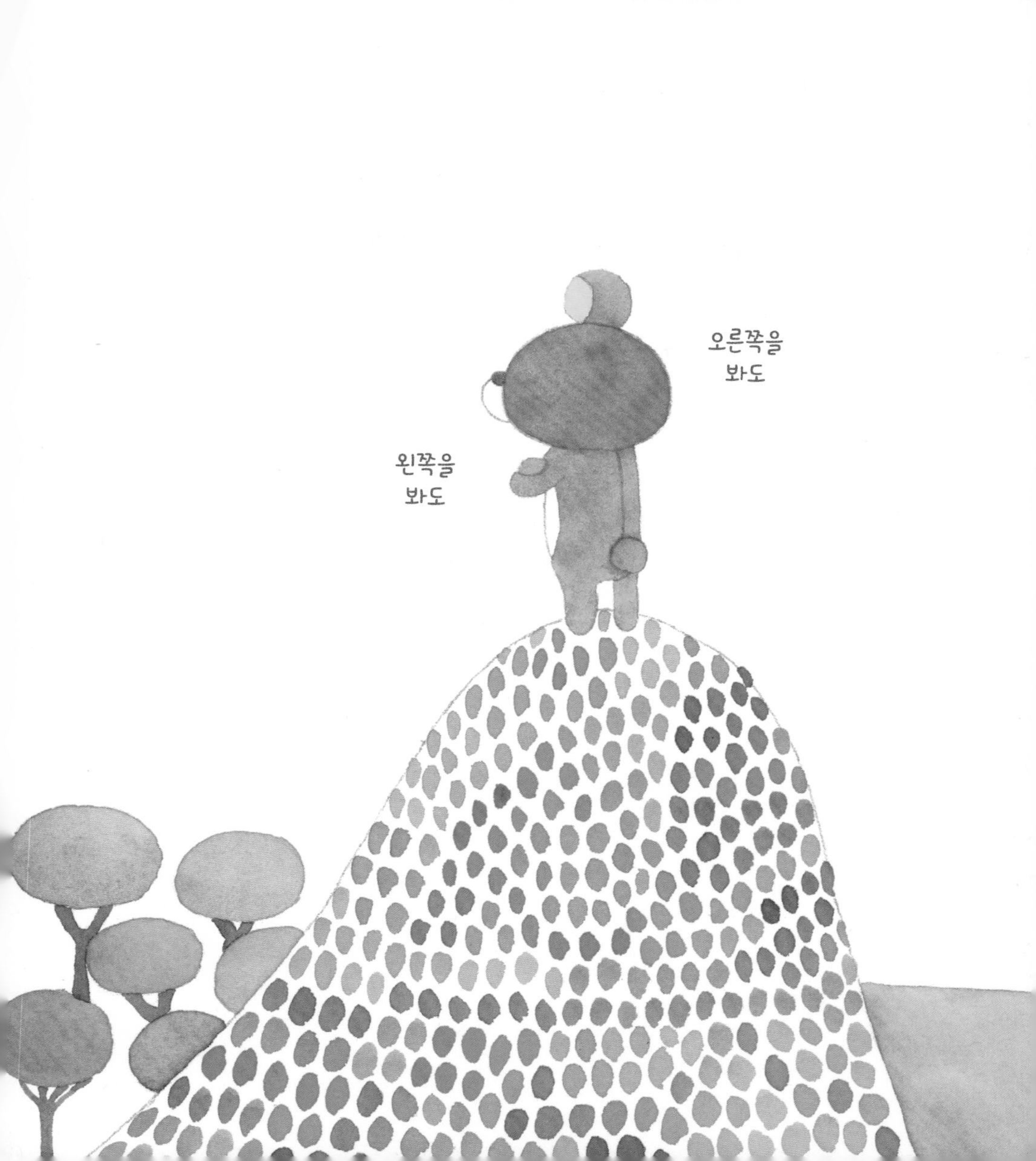
왼쪽을
봐도
오른쪽을
봐도

구멍에 빠졌기 때문에
또 다른 구멍으로
나갈 수 있는 거죠.

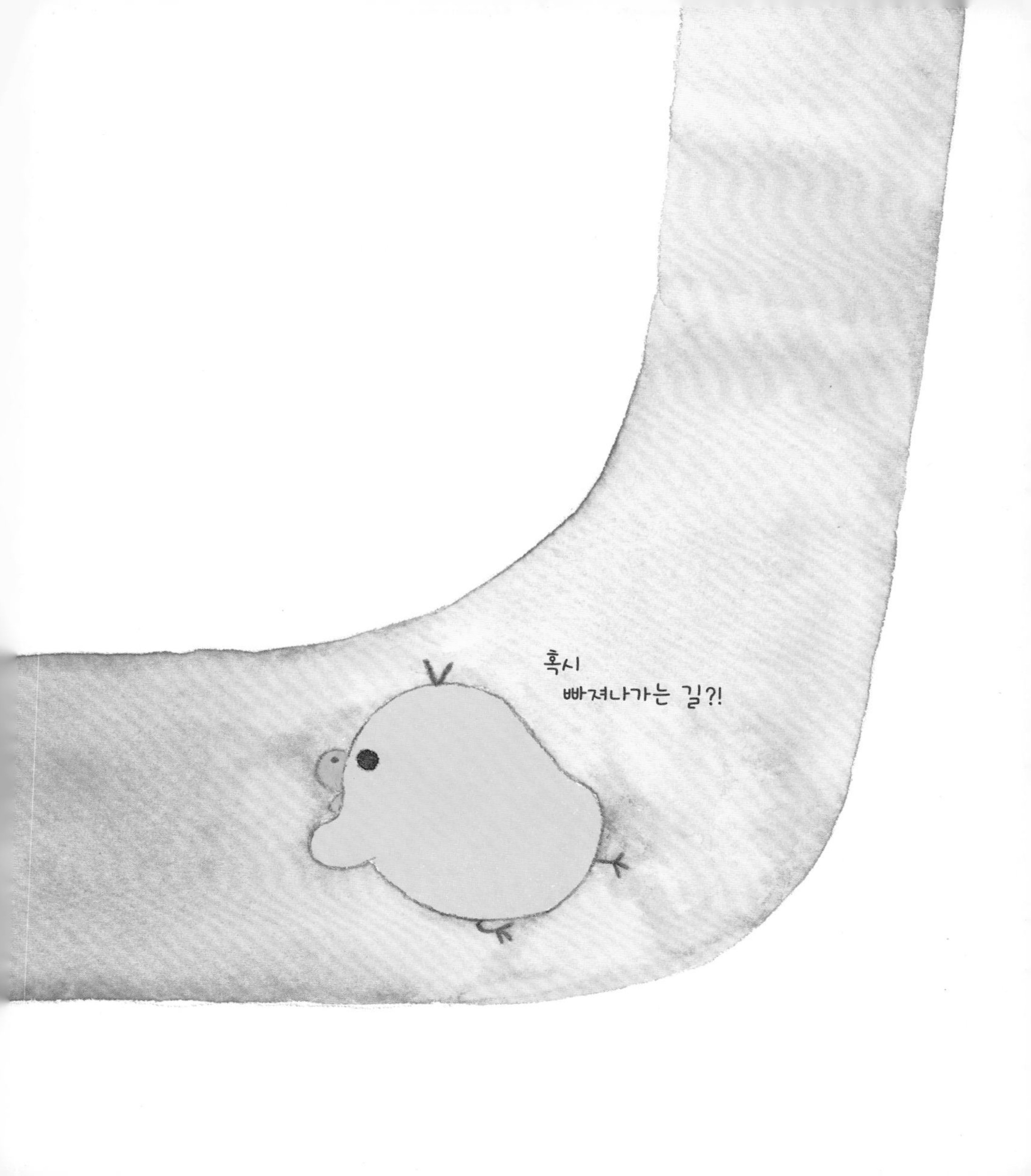
혹시
빠져나가는 길?!

용기를 내는 만큼
마음이 전해져요.

무리해서 밖으로 나가면
흠뻑 젖을 뿐이에요.

기다리자…

잠이 부족하면
길을 잘못 들어서니까요.

빙글
빙글
비틀
비틀
어디 가는
거야

자신만의 룰은
바꿀 수 있어요.

과자는 하루
네 번 먹어도 좋아

날씨 안에는
태풍도 존재해요.

무엇이든
푸악

오늘밤은 내일로
연결되어 있어요.

내일의 힘을
키우는 중

보이는 것도 눈치채는 것도
그저 일부일 뿐이에요.

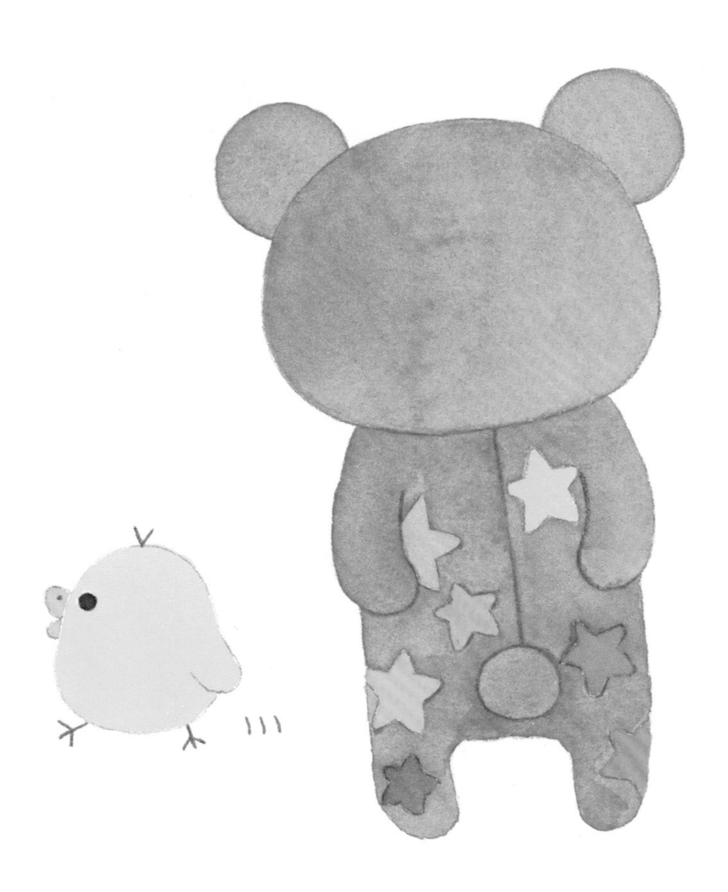

가끔 마음이
닫혀 있는 경우도 있어요.

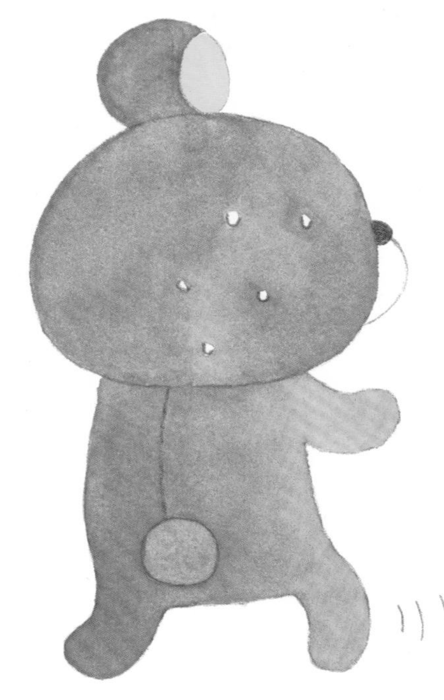

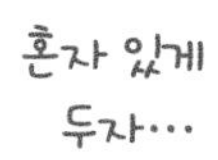
혼자 있게
두자…

걱정을 놓지 않으면
몸이 가벼워지지 않아요.

무거워…
털썩…
하아…

여기 있어요.
언제나 있어요.
곁에 있어요.

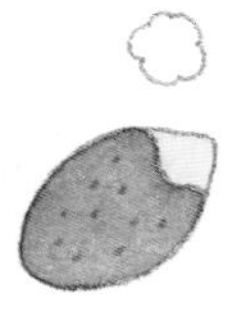

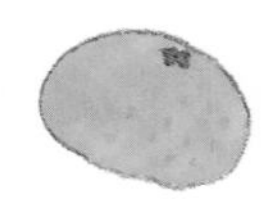

리락쿠마 곁에 있어요

1판 1쇄 인쇄 2019년 4월 1일
1판 1쇄 발행 2019년 4월 15일

글·그림 콘도우 아키

발행인 양원석 **본부장** 김순미 **편집장** 최두은 **책임편집** 차선화
디자인 RHK 디자인연구소 박진영 **제작** 문태일, 안성현
영업마케팅 최창규, 김용환, 정주호, 양정길, 이은혜, 조아라,
신우섭, 유가형, 김유정, 임도진, 정문희, 신예은

펴낸 곳 ㈜알에이치코리아
주소 서울시 금천구 가산디지털2로 53, 20층(가산동, 한라시그마밸리)
편집문의 02-6443-8861 **구입문의** 02-6443-8838
홈페이지 http://rhk.co.kr **등록** 2004년 1월 15일 제2-3726호

ISBN 978-89-255-6598-9 (03800)